# LES HORACES,

## BALLET-TRAGIQUE,

DE LA COMPOSITION

DE M<sup>r</sup>. NOVERRE;

REPRÉSENTE

POUR LA PREMIERE FOIS

PAR L'ACADÉMIE-ROYALE

DE MUSIQUE,

Le Mardi 21 Janvier 1777.

Prix *XVIII. fols.*

*A PARIS,*

Chés **DELORMEL**, Imprimeur de ladite Académie, rue du Foin.

*On trouvera des Exemplaires de ce Programe à la Salle de l'Opéra.*

M. DCC. LXXVII.

*Avec Approbation & Privilege du Roi.*

# AVANT PROPOS.

LE sujet des Horaces, le plus riche peut-
être qu'offre l'Histoire à la Danse en action,
est bien fait pour déployer & mettre en jeu
tous les ressorts de la Pantomime. Cet art
qui faisoit jadis les délices d'Athénes & de
Rome, c'est égaré dans l'immensité des sié-
cles. Toutes les traditions que nous avons
sur cet objet nous en peignent les effets mi-
raculeux ; mais elles ne nous instruisent pas
des principes qui pouvoient le porter à sa
perfection. La Pantomime est parmi nous un
art borné & languissant, qui a besoin de secours. C'est, pour ainsi dire, un Squelette ;
il n'appartient qu'au Genie de le tirer de son
tombeau, de l'animer, de lui rendre ses graces, sa force & son énergie. Je ne me flatte
point d'avoir opéré cette heureuse métamor-
phose ; mais j'ai eu le courage d'ouvrir cette
nouvelle carrière.

Transformer un Métier en Art, ramener

par degré la Danse à son premier principe,
qui est l'imitation; voilà l'objet de mes études.

La Danse méchanique n'est que le con-
cours harmonieux des mouvements ; la Danse
en action en est l'âme ! le cœur est ému, la
phisionomie dicte , le geste écrit : voilà la
Pantomime.

On se plaindra peut-être que je n'ai pas
saisi les beautés de Corneille ; je répon-
drai pour ma justification, que les beautés
d'un Art sont souvent innappliquables à un
autre : si je me suis trompé dans le choix des
moyens que j'ai risqué pour le succès de
mon ouvrage ; je dirai que ce n'est qu'en
franchissant les barrières du préjugé qu'on
peut atteindre le vol rapide du génie. Si j'ai
pris quelques licences , c'est que je m'y suis
trouvé forcé ; les Artistes doivent recou-
rir à tous les moyens qui peuvent embel-
lir leurs productions. Par exemple , ces
êtres grands & sublimes que la fonte ou
le ciseau transmet à la postérité , paroî-
tront, pour la plûpart à ses yeux , sous un
vêtement different de celui où ils ont vécu,

& par une suite de l'enthousiasme qu'inspire aux Artistes les vertus & le goût des Grecs & des Romains : le costume de ces Nations est devenu pour eux , ( si j'ose m'exprimer ainsi ) Cosmopolite.

On me feroit une injustice de penser que l'application que j'ai donné à la Danse en action , m'ait porté à dédaigner la Danse méchanique ; la quantité d'Elèves que j'ai formé en ce genre , prouve suffisamment que j'ai partagé mes études entre les graces du métier , & les charmes de l'expression. Quel est le Peintre assez insensé pour sacrifier aux effets brillants des couleurs , la pureté du dessein & le moëleux des contours ; mais celui qui réuniroit ces perfections seroit-il Peintre s'il négligeoit les grands effets du clair-obscur, & cette expression rare qui fait respirer la toile ; qui en impose au point d'entraîner à l'illusion , & de faire prendre l'imitation de la Nature pour la Nature même ?

On doit donc être très-persuadé que je ne négligerai rien , pour remplir la place qui

m'est confiée. J'ôse assurer le Public de ma
docilité & du desir que j'ai d'étendre la chaîne
de ses amusements, par la variété que je
m'efforcerai de mettre dans la Composition
des Ballets de l'Opéra.

# PERSONNAGES.

LE VIEIL HORACE,
Chevalier Romain,          M<sup>r</sup> Gardel, l.

HORACE l'aîné, amant
de FULVIE,                 M<sup>r</sup> Vestris, p.

LES DEUX HORACES,
ses freres,                M<sup>rs</sup> { Leger.
                                { Barré.

CURIACE l'aîné, Che-
valier Albains, amant de
CAMILLE,                   M<sup>r</sup> Favre.

LES DEUX CURIACES,
ses freres,                M<sup>rs</sup> { Abraham.
                                { le Doux.

PROCULE, Sénateur Ro-
main,                      M<sup>r</sup> Gardel, c.

CAMILLE, sœur des Ho-
RACES, amante de CU-
RIACE,                     M<sup>lle</sup> Heinel.

FULVIE, fille de PROCU-
LE, amante d'HORACE,       M<sup>lle</sup> Guimard.

JULIE, confidente de CA-
MILLE,                     M<sup>lle</sup> Lafond.

Pagination incorrecte — date incorrecte

**NF Z 43**-120-12

DAMES ROMAINES, M<sup>lles</sup> { le Maire. Cléophile. Michelot. }

TULLUS, *Roi de Rome*, M<sup>r</sup> Duchesne.

METIUS, *Roi d'Albe*, M<sup>r</sup>. Henry.

DAMES ET CHEVALIERS ROMAINS.

CHEVALIERS ALBAINS.

PRESTRES ET SACRIFICATEURS.

SOLDATS ROMAINS.

SOLDATS ALBAINS.

ESCLAVES.

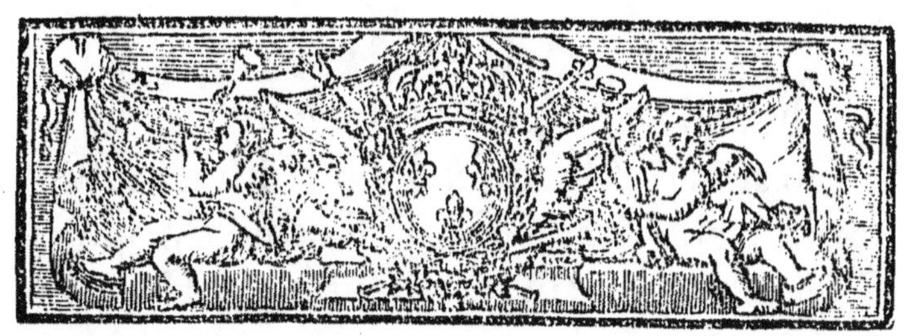

# LES HORACES,
## BALLET.

*La Décoration repréfente une Salle du Palais d'HORACE.*

## PREMIERE PARTIE.

## SCENE PREMIERE.

### CAMILLE, JULIE.

CAMILLE aime tendrement l'aîné des Curiaces, fa deftinée doit l'enchaîner pour jamais au fort de ce

Chevalier : c'est de l'aveu de leurs parents qu'ils se sont fait celui de leur tendresse ; mais le sort semble s'opposer à leur mutuelle félicité. Les Curiaces ont été choisis par le peuple d'Albes, pour terminer, par un combat singulier, les querelles qui subsistent depuis long-tems entre leur République & Rome. Les Romains ont à leur tour nommés pour défenseurs de leurs droits les trois Horaces. Le sort de ce combat doit décider de celui de la Patrie. Si les Horaces sont vaincus, Rome est asservie, s'ils sont victorieux, Camille perd son amant. De quelque côté qu'elle envisage son sort, elle n'y voit que le présage le plus funeste. Tantôt elle apperçoit Curiace couvert de lauriers, encore fumant du sang de ses freres ; tantôt elle voit son amant percé de coups, & traîné sur la poussière : tous ces tableaux affreux que son imagination lui retrace, déchirent fon âme & la pénétrent de défefpoir. Cependant elle veut orner ce funefte fpectacle d'un don, qui fera d'autant plus précieux à fon amant, qu'il eft l'ouvrage de fes mains. Elle lui a brodé une écharpe, & elle fe flatte que ce gage de l'amour, le rendra invulnérable ; elle charge Julie de porter à Curiace fes vœux, fa tendreffe & ce tribut de fon amour, Julie fe difpofe à remplir cet ordre lorfque Curiace paroît.

# SCENE II.

CAMILLE, *l'aîné des* CURIACES.

IL vôle vers Camille ; il la raffure fur fes inquiétudes ; il lui fait les plus tendres adieux. Camille peint dans cette fcêne tout ce que l'amour, en oppofition avec le devoir, peut expri-

A iij

mer ; son cœur , combattu par la tendresse qu'elle doit à ses freres, par l'amour qu'elle doit à son pere & à sa Patrie, par l'honneur de sa Famille, & par un sentiment encore plus cher, se livre tour à tour aux impressions diverses qui affectent son âme. Cependant elle ne peut se refuser au plaisir innocent d'orner de ses mains celui dont la destinée lui est si précieuse. Curiace enchanté, regarde ce gage de l'amour, comme le présage heureux de sa victoire ; il tombe aux genoux de Camille, il lui témoigne sa reconnoissance ; mais le bruit éclatant des Timbales & des Trompettes réveille dans son cœur le desir de combattre , & ralume cette ardeur martiale que les larmes de son amante avoient amorties pendant quelques instans. C'est en vain qu'elle veut le suivre ; une terreur panique s'empare d'elle ; ses genoux fléchissent , elle chancele & tombe dans un fauteuil, abforbée par la crainte, la douleur & le défefpoir.

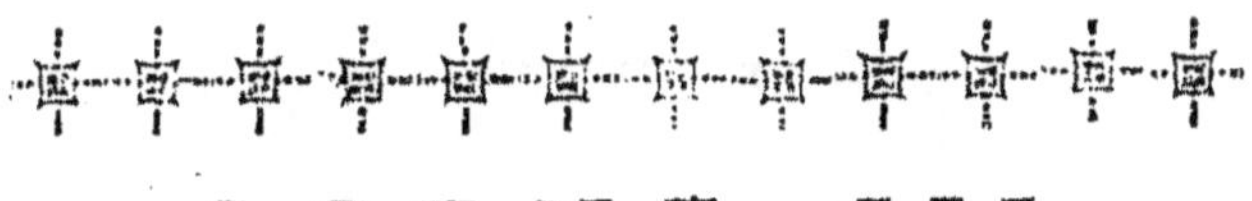

## SCENE III.

Camille, *les trois* Horaces.

LES Horaces fuperbement armés, viennent embraffer leur fœur & lui dire peut-être un éternel adieu. Ce moment eft cruel pour Camille, l'amour fe tait, la nature parle, la voix du fang & celle de la Patrie fe font entendre. Le danger de fes freres éleve dans fon cœur tous les fentimens de la tendreffe & du défefpoir ; elle s'oppofe à leur départ ; elle infulte Rome & les Dieux, elle fe précipite alternativement dans leurs bras, & les arrofe des larmes précieufes de l'amitié.

A iv

# SCENE IV.

*Acteurs précédents.*

## Le *Vieil* HORACE, PROCULE, FULVIE.

LE vieil Horace court à ses fils. Guidé par l'honneur, embrâsé par l'amour de la Patrie, il les conjure d'en être les défenseurs, & leur recommande cette fermeté & ce courage héroïque, appanage des âmes bien nées. Procule qui les invite à combattre ; à vaincre ou à mourir en Romains, leur jure que Fulvie sera le prix qu'il accordera à l'aîné des vainqueurs. Camille, témoin de cette scêne, & des vœux qui se forment aux dépens de sa félicité, frémit de désespoir, & peint ce que la fureur a de plus caractéristique ; les

Horaces partent : leur Pere & Procule les suivent , Fulvie fait mille
tendres vœux pour leur victoire ; mais
s'appercevant que Camille change de
visage , & que les signes de la mort
s'impriment sur ses traits , elle vôle
à elle. Camille tombe dans les bras
de ses femmes qui l'emmenent & s'em-
pressent à lui donner des secours.

## SECONDE PARTIE

*La Décoration repréſente le camp des Romains & celui des Albains. Un autel eſt dreſſé à l'endroit qui ſépare le territoire de Rome, d'avec celui d'Albe. Les troupes ſont ſous les armes, les drapeaux deployés ; des Prêtres & des Sacrificateurs entourent les autels, Tullus eſt à la tête des Centuries ; les trois Horaces ſont placés à ſes côtés. Metius eſt à la tête des Albains, les trois Curiaces ſont rangés près de lui.*

## SCENE PREMIERE.

TULLIUS, METIUS. *les 3* HORACES, *les 3* CURIACES, *Prêtres & Guériers.*

LE bruit des timbales & des trompettes retentit de toutes parts ; au commandement des Chefs, les troupes mettent bas les armes, & le silence succéde au bruit. Les deux armées se prosternent, les Prêtres font des libations, l'encens brûle. Tullus & Metius s'avancent, & jurent en présence des deux camps & aux pieds des autels, qu'eux & leurs descendants s'en tiendront inviolablement à ce que le sort du combat entre les Horaces & les Curiaces décidera.

Après ce serment, qui est approuvé de part & d'autre ; les trompettes donnent le signal du combat. Les Horaces & les Curiaces entrent en lice. Ils s'attaquent avec autant de valeur que d'intrépidité : l'air retentit des coups qu'ils se portent. Tantôt la victoire penche en faveur des uns, tantôt elle semble se déclarer pour les autres. Chaque armée fait des vœux pour sa Patrie ; l'es-

pérance & la crainte s'emparent fuc-
ceſſivement des ſoldats. Cependant
le ſuccès ſemble devoir couronner
les efforts des Curiaces. Déja deux
des Horaces ſont étendus ſur la pouſ-
ſière ; les Albains pouſſent des cris
d'allégreſſe, & font retentir l'air de
leurs boucliers. Un ſeul Curiace eſt
bleſſé ſans être cependant hors de
combat ; dans cette circonſtance,
Horace a recours à la ruſe ; il feint
de prendre la fuite pour diviſer les
forces réunies de ſes adverſaires.
L'un le pourſuit, & près à en être
atteint, Horace ſe retourne avec la
promptitude de l'éclair, & lui paſſe
ſon épée au travers du corps. Les
Romains juſqu'alors abbatus & conſ-
ternés, font éclatter leur joie. Horace s'élance avec fureur ſur le ſe-
cond des Curiaces, qui bientôt paye
de tout ſon ſang, celui qu'il vient
de répandre. Le dernier des Curia-

ces qui déja bleſſé, ne peut apporter qu'une foible défenſe aux coups redoublés dont il l'accable, reçoit la mort, & Horace en le privant du jour, l'immole aux mânes de ſes freres, & à la liberté des Romains, qui pouſſent vers le ciel des cris d'allégreſſe & de reconnoiſſance. Les Albains quittent leur camp, enlévent leur morts, & expriment leur déſeſpoir. Les Romains entourent avec admiration le vainqueur. Tullus le couronne en préſence de l'armée.

# SCENE II.

*Acteurs précédens.*

*Le vieil* HORACE *&* PROCULE.

LE vieil Horace trompé par le rapport qu'on lui a fait de la fuite de son fils, se montre avec l'expression de la honte & du desespoir ; Procule qui le conduit, & qui n'a pas été témoin de l'issue du combat, lui demande, en le suivant : *que vouliés vous qu'il fit contre trois !* Le vieil Horace lui répond, avec cet enthousiasme qu'inspire l'honneur : *qu'il mourut.* Dans cet instant Tullus qui apperçoit le pere du vainqueur, court à lui, lui montre son fils couvert de gloire & de lauriers. Le vieil Horace sort de l'accablement où il étoit pour se livrer à l'excès de la joie ; il vole

dans

dans les bras de son fils, il ne peut s'en détacher : cependant Horace se rappelle que son triomphe est désespérant, puisqu'il le prive de deux freres qu'il chérissoit, il les apperçoit couverts de sang & traînés sur la poussière ; il s'arrache des bras de son pere, il se précipite sur les corps de ses freres, il mêle les larmes de l'amitié au sang qui coûle encore de leurs blessures. On l'entraîne avec force de ce spectacle déchirant. On le conduit au Capitole pour le montrer à un peuple nombreux, impatient de voir le libérateur de la Patrie.

B

# TROISIEME PARTIE.

*La Décoration repréſente le Capitole.*

## SCENE PREMIERE.

*Aĉteurs précédents.*

FULVIE, *Dames Romaines,* CAMILLE.

HORACE, précédé & ſuivi du Peuple Romain, des Troupes de la République & des Sénateurs, paroît ſur un Char de Triomphe. Les armes des vaincus forment des trophées, qui acompagnent ce Char : les Dames Romaines s'empreſſent à lui offrir des lauriers. Fulvie ſenſible à la gloire de ſon amant, le couronne de ſes propres mains. Cet inſtant eſt marqué par la joie & par la félicité. C'eſt au milieu de cette fête, que Camille paroît pour y ſemer l'horreur & la confuſion : elle veut que ce jour d'alle-greſſe ſoit changé en un jour de deuil & de déſolation.

## SCENE II.

### *Les précédents* , CAMILLE.

CETTE fière Romaine déſeſperée d'un triomphe qui lui enleve ſon amant, ſe livre ſans ménagement à ce que l'amour au déſeſpoir peut inſpirer de barbare : elle inſulte ſon pere, qui fait de vains efforts pour la calmer ; elle maudit Rome & les Romains : puis s'élançant ſur ſon frere, avec la fureur d'une lionne, elle lui arrache l'écharpe qu'elle avoit donnée

à Curiace , elle la paſſe dans ſes bras ;
elle accable Horace de reproches ;
elle abhore ſes exploits ; elle mépriſe
ſa valeur ; elle déteſte ſon courage ,
& s'abandonnant à ſon déſeſpoir ,
elle profere les imprécations les plus
horribles contre la Patrie ; elle ex-
prime avec le langage énergique des
yeux, de la phyſionomie , des geſtes
& des mouvements du corps , cette
imprécation fameuſe du grand Corneille contre Rome.

Que le courroux du ciel , allumé par mes vœux ,
Faſſe pleuvoir ſur elle un déluge de feux ;
Puiſſai-je de mes yeux, y voir tomber la foudre.
Voir ſes maiſons en cendre & tes lauriers en poudre,
Voir le dernier Romain à ſon dernier ſoupir ,
Moi ſeule en être cauſe , & mourir de plaiſir.

*Horace mettant l'épée à la main.*

C'eſt trop, ma paſſion à la raiſon fait place,
Va dedans les enfers plaindre ton Curiace , *&c.*

Il l'arrête dans ſa fuite , & lui plon-

ge fon épée dans le fein. A ce fpectacle horrible, les Romains reculent
épouvantés. Horace frémit lui-même,
le fer lui tombe de la main ; une ru-
meur général s'éleve parmi les Sénateurs. Le vieil Horace, dévoué à fa
patrie , applaudit au parricide de
fon fils. Les Dames Romaines font
faifies de frayeur ; Tullus oublie le
fervice important qu'Horace vient
de rendre aux Romains ; fon crime en diminue le prix, il ordonne
qu'on arrête le triomphateur : on le
charge de fers ; il fe jette dans les
bras de fon pere ; il fait à Fulvie les
plus tendres adieux ; il part : mais fe
rappellant tout à coup que l'amour
de la patrie l'a entraîné au parricide,
il s'élance vers fa fœur ; on l'arrête,
& cette fcêne offre un grouppe général. D'un côté, on voit Camille en-
tourée de femmes défolées ; d'un autre côté, on voit Horace fe livrer

au repentir qu'excite une attrocité.
Là on voit des grouppes de guerriers
& de femmes qui peignent leur effroi
& leur douleur. C'eſt par ce tableau
varié d'expreſſions & de ſentiments,
que l'on termine la troiſieme Partie
de ce Ballet.

(1) Contre l'uſage reçu, on baiſſe la toile de
l'avant Scêne, pour ne pas priver le Public de
l'enſemble d'un grand tableau, & lui épargner
le déſagrément de voir ſortir de terre les fonde-
ments du Capitole, & les eſcaliers qui condui-
ſent à ce ſouterrain. Manœuvre choquante, &
qui ne peut avoir lieu, que lors qu'Amphion,
Orphée, ou une Fée transforme un lieu en un
autre. De deux inconvénients, j'ai évité le pire.

# *QUATRIEME PARTIE.*

*La Décoration repréfente un fouter-rein du Capitole, éclairé par une lampe.*

## SCENE PREMIERE.

### HORACE.

HORACE eft placé près d'une table, fur laquelle font pofés les trophées qu'il a remportés. Il attend fon jugement avec la fermeté d'un Romain. L'amour de la Patrie ne ferme cependant pas fon ame à la douleur qu'il éprouve d'avoir immolé Camille ; il ne peut fe fouvenir de l'attrocité de fon crime, fans frémir

d'horreur : il compare ensuite avec
une ame philofophique, fes trophées
avec fes chaînes : il attend la mort avec
autant de tranquilité que de réfigna-
tion : il s'afflied un inftant ; il fe retrace le paffé ; il regarde avec plaifir fes
couronnes & fes trophées , qui feront
d'éternels monuments de fa valeur, de
fa gloire , de fes malheurs & des fer-
vices importants que le fang des Horaces a rendu à la Patrie ; puis fe retraçant tout-à-coup les imprécations
que Camille a proférées contre les
Romains, il s'applaudit d'avoir mé-
connu fon fang , & d'avoir puni une
ennemie de la Patrie.

## SCENE II.

### HORACE, FULVIE.

**F**Ulvie a sçu corrompre la fidélité des gardes : on la voit tenant une lampe à la main, descendre en tremblant, les degrés qui conduisent au souterrain. Horace qui l'aperçoit, vôle à ses genoux : cette Amante vient lui offrir un asyle ; elle lui promet de l'y joindre, ou d'obtenir sa grace, & l'invite, par ce que l'amour a de plus tendre & de plus persuasif, de profiter de l'instant. Horace indigné de la lâcheté qu'elle veut lui faire commettre, s'éloigne lentement, & par dégré de Fulvie, en frémissant de honte & de colere. Fulvie tombe à ses genoux, elle lui fait les ¡lus tendres adieux ; puis se retraçant son amant

livré à des bourreaux , & honteufe-
ment traité , elle tire un poignard de
fon fein , & leve le bras pour s'en
frapper. Horace arrête le coup & la
défarme ; il la fupplie de conferver
fes jours. Fulvie , dont le cœur eft
brifé par la douleur , & qui ne peut
plus foutenir les idées déchirantes qui
envelopent fon ame, tombe évanouie.
Horace la retient dans fes bras , la
traîne mourante fur un fiege , fait
des efforts inutiles pour la rappeller
à la vie: c'eft en vain qu'il appelle ;
privé de tout fecours , il tombe à fes
pieds , anéanti fous le poids de fa
douleur & de fon défefpoir.

# SCENE III.

*Acteurs précédents.*

*Le vieil* HORACE.

LE vieil Horace paroît : il partage la situation de son fils, & s'intéresse à celle de Fulvie, qui revoit bientôt la lumiere ; ce respectable vieillard fait éclater sa joie à la vûe des trophées, qui lui retracent la valeur d'Horace ; il l'exhorte à recevoir son arrêt avec le même courage, qu'il a reçu les armes à la main les trois Curiaces. Il a vaincu en Héros, il doit mourir en Romain. Horace jure à son père, qu'il ne démentira pas, par une foiblesse indigne de son cœur, le sang qui coûle dans ses veines.

# SCENE IV.

*Les Acteurs précédents.*

PROCULE, CHEVALIERS, GARDES.

ON entend un grand bruit. Une foule de Gardes & de Chevaliers Romains accompagnent Procule. Ils sont éclairés par plusieurs flambeaux, & ils entrent précipitament dans la prison, les uns par une porte basse, les autres par celle qui est au haut de l'escalier. Procule présente à Horace le décret du Sénat : il le reçoit avec respect, & le lit sans crainte. Fulvie qui croit que c'est l'Arrêt de la mort d'Horace, se livre au désespoir : mais qu'elle n'est pas sa satisfaction ! lorsque lisant avec l'avidité de la crainte & de l'espérance sur les traits de son amant, elle y apperçoit les signes du bonheur & de la reconnoiffance : c'eft fa grace que Tullus lui envoie, & qu'il doit autant à l'eftime de fon Roi qu'à l'amour du Peuple. Il fe précipite dans les bras de Procule ; Fulvie tombe aux genoux de fon pere ; le vieil Horace ferre dans fes bras fon fils & fon ami ; Procule , qui veut que ce moment foit l'époque de la félicité d'Horace , lui donne Fulvie ; il accepte ce bienfait avec tranfport ; fon pere fe faifit de fes trophées , les porte en triomphe , & on l'emmene pour le montrer à un Peuple nombreux, qui eft empreffé de voir fon liberateur.

# CINQUIEME PARTIE.

*La Décoration représente une vaste galerie du Palais de Tullus magnifiquement décorée. De riches buffets sont placés de droite & de gauche. Un superbe banquet occupe le fond de la galerie.*

## SCENE PREMIERE.

TULLUS, *le vieil* HORACE, HORACE, FULVIE, PROCULE, *Dames &*
*Chevaliers Romains.*

TULLUS voulant donner à Horace une preuve éclatante de l'estime qu'il lui porte, a rassemblé dans son Palais la Noblesse de Rome ; & que l'union d'Horace & de Fulvie se célebre avec une pompe Royale ; & être témoin de leur bonheur. Des Esclaves offrent aux époux les riches préfents que ce Prince leur deftine ; & pénétrés de reconnoiffance, ils embraffent fes genoux. Tullus ordonne des fêtes ; il veut que cette brillante affemblée les embelliffent, & prenne part à la félicité du couple heureux que l'hymen & l'amour uniffent.

## SCENE DERNIERE.

*les Acteurs précédents.*

ON fe livre à des danfes : on fe place fucceffivement au banquet ; une foule d'efclaves fe grouppent près les buffets & derriere les Convives : les Muficiens placés fur l'eftrade élevée, commencent leurs concerts : le bruit des inftruments annonce l'allegreffe d'un jour heureux, qui unit les

deux Amants, qui couronne la valeur
d'un Citoyen , dont le courage héroïque a acquis l'Empire à fa Patrie,
& qui a cimenté au prix de fon fang,
une paix auffi précieufe que durable.

## F I N.

---

### APPROBATION.

J'Ai lu , par ordre de Monfeigneur le Garde des
Sceaux, le Programe du Ballet des *Horaces*, &
des *Curiaces*; & je n'y ai rien trouvé qui m'ait paru
devoir en empêcher l'impreffion.

A Paris ce 18 Janvier 1777.     CRÉBILLON.

Contraste insuffisant

**NF Z 43**-120-14